SV

Band 596 der Bibliothek Suhrkamp

Hans Carossa
Ausgewählte Gedichte

Auswahl und Nachwort
von Emil Staiger

Suhrkamp Verlag

Erste Auflage 1978
Der Abdruck der Gedichte erfolgt mit
freundlicher Genehmigung des Insel Verlags.

Druck: Georg Wagner, Nördlingen
Printed in Germany

Ausgewählte Gedichte

MÄRZ-ANFANG

Sonniger Winterwald blendet.
Meise singt schon so nah.
Wie von der Pflugschar gewendet
Stehen die Schneewehen da . . .

Schon über offene Matten
Laufen Erdspinnchen grau.
Zweige hängen im Schatten,
Fiedrig bereift und blau.

Eis umkränzt noch den Weiher,
Den tiefen, der nie ganz gefriert.
In der Luft ist ein Schleier
Von Rauch, der sich flimmernd verliert,

Rauch von dem traulich verfallnen
Haus, das auf Felsen sich stützt
Und vor der tödlich kristallnen
Schöne den Schauenden schützt.

IM ELTERNGARTEN

Der Brunnenhof und die Kastanienhaine,
Dann öffnet sich das goldbemooste Tor;
Dahinter glimmt noch im Septemberscheine
Von Portulak ein halbverwelkter Flor.

Ich bin sehr oft vor jenem Beet gesessen,
Verlornes Kind bei Sonnenuntergang,
Und hab manch dumpfe Herzensangst vergessen,
Wenn ich die reifen Kapseln brach und schaute,
Wie schwarzer Samen in die Hand mir sprang,
Der dann im Lichte schaurig schnell ergraute.

FAHRT

Wir Kinder gingen, Paar um Paar,
Durch Wald und grünes Reut.
Mit bunten Eierschalen war
Der Saatenrand bestreut.

Am Ufer hing das neue Boot;
Wir saßen flugs darin.
Das Wimpel wehte weiß und rot;
Die Strömung trug uns hin.

Das Land verschob sich von uns fort;
Zu Felsen stieg der Strand.
Geschmückte Menschen gingen dort,
Die winkten mit der Hand.

Und langsam schwanden Turm und Flur,
Nah rückte das Gestein.
Manchmal aus finstrer Höhle fuhr
Ein heimlich starker Schein.

Die Zeit verschwebte wie ein Hauch;
Ein Korb ward ausgeleert
Und nach geweihtem alten Brauch
Das Ostermahl verzehrt.

Wir aßen Brot, wir tranken Wein.
Sturm schlug uns ins Gesicht.
Die Woge griff nach uns herein;
Wir fürchteten uns nicht.

Von weißen Vögeln weit umkreist,
Zur Heimat ging die Fahrt.
Wir glaubten selig an den Geist,
Der uns versprochen ward.

DAS STÄDTLEIN AUF DER HAND DES HEILIGEN

Traum eines Knaben

Am Ostertag, als wir zum Dome gingen,
Verlief ich mich von dem Geschwärm der Knaben,
Und statt im Chor zu beten und zu singen,
Ging ich allein durch Straße, Tor und Graben
Den Wall entlang bis zur verschloßnen Pforte.
Dort wars zu mancher Stunde nicht geheuer.
Oft warnten uns die Mütter vor dem Orte.
Mich aber zog das alternde Gemäuer;
Ich forschte emsig, was dahinter wohne,
Und mußte immer unbelehrt von hinnen;
Dagegen heut, mit holdem klaren Tone,
Kaum daß ich pochte, sprang die Tür nach innen –
Erschrocken fast betrat ich nun die Schwelle,
Ich stand in Tages grün gedämpftem Scheine,
In grauer, oben offener Kapelle,
Efeu wuchs auf der Inschrift morscher Steine.

Ein Weib saß auf gestürztem Hochaltare
Wie herrschend über das zerfallne Ganze,
Uralt und schön; durch dichte weiße Haare
Verzweigte sich lebendig dunkle Pflanze.
Ein junger Baum, umspielt von lichtem Falter,
Stand neben ihr. Den hohen Leib umstrengte
Geschupptes Silber, leicht geschwärzt vom Alter,
Und wie sie nun vom Kinn die Hände senkte,
Da ragten frei die Brüste durch dies Mieder.

Sie sah mich an und schüttelte gelassen
Das Bäumchen, zwei Orangen fielen nieder;

Schon sprang ich zu, die rollenden zu fassen,
Als andere Gestalt mich stärker bannte,
Die also neue Hoffnung in mir weckte,
Daß ich mich nicht mehr nach den Früchten wandte:
Ein Heiliger, den vorher der Baum verdeckte,
Stand aufrecht, angetan mit glänzigen Stoffen,
Die sterngezierte Mitra auf dem Haupte.
Zwar, als ich nah trat, merkte ich betroffen,
Daß es ein Toter war, und doch, ich glaubte
Es nicht. Vom Hals herab an Kettchen hingen
Gefäße, angefüllt mit reinen Ölen,
Zwei Diamanten in saphirnen Ringen
Erblitzten in den tiefen Augenhöhlen.
Er trug den Krummstab in der beinern Linken;
Die Rechte aber hielt er flach erhoben,
Darüber sah man zwei Turmkuppeln blinken,
Ja unsre ganze Stadt, sie war da droben
Auf seiner Hand erbaut, die Gassen alle,
Der Markt, die Burg, die Tore schön beschildet,
Aus einem feinen farbigen Metalle
War all dies unbegreiflich nachgebildet,
Sogar der Wall mit Zinnen und mit Brücken.
Auf Zehenspitzen leise, leise gehend
Umschritt ich es, ich lachte vor Entzücken,
Ich rief zuletzt, mit beiden Händen flehend:
»O Heiliger, schenk mirs doch, das hübsche Spiel!
Was nützt es dir in deiner finstern Ecke?« –
»Nimm dich in acht, o Knabe, du wagst viel«,

Sprach nun die Frau. »Die Toten haben Zwecke,
Die kennt niemand, nur Geister sehen Geister.
Ich aber werde dich zur Freude führen« –
Ich folgte nicht; ich wurde nur noch dreister
Und wagte schließlich gar, ihn anzurühren.
Neugierig, ob er echt leibhaftig wäre,
Umgriff ich eins der goldnen Handgelenke;
Er stand und hielt das Bild ins Ungefähre,
Als böt ers jedem Kommer zum Geschenke.
Ich dachte schnell: Was brauch ich da zu fragen?
Und nahm es einfach aus der Hand des Toten
Und wandte mich, es flugs davonzutragen,
Doch fand ich mir ein schlimmes Halt geboten;
Denn schreckhaft schwer wog nun in meinen Händen
Das zierliche Gehäus, mit hellem Summen
Beganns zu glühn, – Feuer fuhr aus den Wänden,
Ich fühlte schaudernd jeden Wunsch verstummen.
Es war, als obs mein Leben aus mir ziehe,
Da hob ich es mit meinem letzten Hauche
Der großen Frau demütig auf die Kniee
Und stürzte rücklings hin am Efeustrauche.
Sie aber gab dem Städtlein eigne Namen,
Dann senkte sie's mit inniger Gebärde
In mich herab wie einen kostbarn Samen
Und grub mich zu mit Früchten, Laub und Erde.
Ich lag in langem traurigem Erkalten,
Doch immer wie durch schwarze glasne Scheibe
Sah ich die dunkle Herrin Wache halten;
Auf einmal wuchs aus meinem schwachen Leibe
Die Stadt empor zu großen Wirklichkeiten,
Erst schwank und fahl, wie Wolkenform verschieblich,

Dann flogen Engel her von allen Seiten,
Die machten alles fest und echt und lieblich.
Und Stimmen sangen: »Freue dich, o Knabe!
Wir helfen dir die goldne Stadt erbauen –
Was aber gibst du uns als Gegengabe?«
Da stand ich auf, da lief ich voll Vertrauen
Zum Dom zurück aus einsamem Gelände.
Und meine Mutter stand vor dem Portale;
Sie gab mir grüne Zweige in die Hände
Und führte mich zum österlichen Mahle.

DIE NEBEL

Es fliehen die Nebel
Aus dämmriger Au
Zu goldner Verwandlung
Ins schimmernde Blau.

Sie schwinden im Glanz
Hinter dampfende Wand,
Sie brau'n dir Gewitter,
Du glückliches Land!

Am ehernen Tag,
Unter welkem Azur,
Wenn Halme verdursten
Auf staubiger Flur,

Da kommen sie finster
In Wolken genaht
Und rauschen dir Segen
Auf all deine Saat.

AUSBLICK

Es dämmert schon. Den alten Park umschließt
Ein Buchenzaun hoch, dicht wie braune Mauer.
Ich bin allein. Im Nebelwind verlöschen
Die Feuer, die der Tag entzündete.
Man fühlt, wie sich das Laub vom Zweige sehnt.

Auf einmal bricht die Buchenmauer ab.
Ich schau hinaus ins Freie, doch ich sehe
Kein Dorf, kein Haus, kein Tier im Nähegrund.
Ich seh ein Feld nur, blühend überwildert
Von Herbstzeitlosen, seh ein Steingebirg,
Zu großer Deutlichkeit herangerückt,
Dahinter lasten und den vollen Mond,
Hellgoldnes Eis, in Himmelskühle glänzen –
Ein Wunsch umhaucht mich, diesen Erdenblick
Dir, o Geliebte,
Mit allen seinen Schauern hinzusegnen.

Und wie manche Nacht
Bin ich aufgewacht,
Lag so hell der Mond auf Bett und Schrein!
Sah ins Tal hinaus –
Traumhell stand dein Haus –
Tiefer träumend schlief ich wieder ein.

STERNENLIED

Morgen werden viel Sterne scheinen,
Morgen wirst du nach mir weinen
Und ins tote Fenster spähn.
Dann hinauf zum Glanz der Ferne
Wirst du fliehn, und tausend Sterne,
All die stillen kleinen Sterne
Wirst du durch zwei helle Tränen
Groß wie Sonnen zittern sehn.

BEGEGNUNG

Vergessen war dein trotzig müdes Lächeln,
Dein Mund, der herbstlich schon umfremdete.
Selbst meine Träume hatten dich vergessen.
Doch gestern abends kamst du mir entgegen
Mit deinem Strauß verregneter Schneeglöckchen,
Ganz glücklos blickend auf den Wanderer.
Die Bergesnähen röteten im Wind,
Ich stand am Strom, horchend dem Sang der
  Schollen,
Du nähertest ein wenig dein Gesicht
Dem leicht erhobnen Strauß, als ob du dich
Zu einem Gruße neigen und zugleich
Den Duft der nassen Blumen spüren wolltest.
Ein Licht aus Wolken wob dich ein, veredelnd,
Daß du ganz jung mir schienst, – o freu dich, Frau:
So jung wirst du nun immer in mir leben!

DER MORGENGANG

Bergspitzen röten. Schmächtiger Mond versinkt.
Grau schwebt im Abgrund weißer Nebeldüfte
Die stille Stadt. Vom hohen Dom nur blinkt
Grünrostige Kuppel. Durch die tiefen Klüfte

Der ziehenden Dunstwand grüßen noch einmal
Schiffer und Boot herauf aus dunklen Wogen,
Von Schatten schnell umschwankt, groß, trüb und fahl;
Schon sind sie wieder wolkig überzogen.

Fort nun von allem, was die Nacht noch hält
In langer Dumpfheit schwarz geschloßnem Schreine!
O hier! Wie jugendlich gärt hier die Welt!
Wie ragt aus blauem Dämmerzweifelscheine

So tierhaft bleich der wettermorsche Baum!
Wie mischen weich die schwachen Birkenstände
Ihr Laubgewölk dem trüben Himmelssaum!
Wie zieht der Strom den Dunst nach dem Gelände!

Der Mond versank; doch schon vermag die Helle
Den Morgenstern vom Himmel wegzuschauern.
Ergriffen an des Eichenforstes Schwelle
Seh ich der Stämme dicht hindämmernde Mauern.

An rauhen Rinden knistert leis die Feuchte.
O Sonne, wie bin ich in dir geborgen!
Komm! Komm! Entfalte deine ganz Leuchte!
Entzünde mir den unverlöschbarn Morgen

Der Geisterwelt! Die Hüllen laß mich streifen
Von meinem letzten schweigsamsten Gehalt!
Umstrahle meine Träume! Laß sie reifen
Zum eignen Sinn, zur geltenden Gestalt!

Es tagt. Dem Hang, um den kein Duft mehr wittert,
Entprägt ein Hain sich wie aus Erz getrieben.
Ich seh das Zweignetz luftig aufgesplittert,
Die Blätter schon vom Lichte zart beschrieben.

Wacholderbüsche, blaugrün dichte Schar,
Graun auf Granit, von Perlenblässe triefend
Und es entkreist dem Berg ein Adlerpaar,
Die Flugkraft noch, die frostbeklommene, prüfend,

Jetzt freier schon, hoch, mit erwarmenden Schwingen,
Und nun erglühn sie hell mit einem Male,
Es ist, als ob die Federn Feuer fingen,
Ich wende mich zu meinem trüben Tale

Und weiß nun, daß mein Schaun, all meine Wonne
Ein Unsichtbarer mir herüberspendet;
Noch seh ich nicht, noch ahn ich nur die Sonne.
Mich tränkt ihr Glanz, doch steh ich ungeblendet.

Und innig zieht mich Welt an, überwoben
Mit Sphärenschein im ahnungsvollsten Lichte;
Ich tret ihr nah, doch da ist viel zerstoben,
Unfaßbar geistiger Hauch, er wird zunichte.

O Seele, wohin lenkt mich dein Empfinden?
Sind hier Gesetze neu für uns zu lesen,
Dran wir vorübergingen wie die Blinden
Und denen du vielleicht doch treu gewesen?

Du sollst dich keiner Sehnsucht überlassen!
Im kleinsten Ringe wags, dich reich zu leben!
Ein Ganzes, nicht das Ganze wirst du fassen,
Um es zu dir, ins Menschliche zu heben.

Aus vielen Spiegeln will das Leben winken.
Der Äther lockt mit hundert farbigen Wellen,
Und jede Welle droht ein süß Versinken;
Zum Ursprung strebe du! Dann mag zerschellen,

Was wir mit Lust geformt! Und wenn die Brüder
Der Glanz des Alls verstört, – du taumle nicht!
Du schlag vor keinem Geist die Augen nieder,
Wenn ihm dein Erdensinn still widerspricht!

Der Morgen flammt. Wie Meteore blitzen
Eisvögel bläulich über wildes Grün,
Daß flugentstreifte nasse Berberitzen
Wie Tropfen Blut auf Moose niedersprühn.

Und hoch und hoch von feuervollem Gipfel,
Hoch über meinem Haupte kracht und lacht
Ein erster Schuß ins Tal, die träumenden Wipfel
Zucken erschreckt, der ganze Wald erwacht,

Und in der Tiefe klein und funkelnd heben
Sich Stadt und Strom aus glühendem Dunstgewirr –
Himmel und Erde, schenkt mir Leben! Leben!
Und segnet meine Hand und euch in ihr!

Unzugänglich schien der Gipfel;
Nun begehn wir ihn so leicht.
Fern verdämmern erste Wege,
Neue Himmel sind erreicht.

Urgebirg und offne Länder
Schweben weit, in Eins verspielt.
Städte, die wir nachts durchzogen,
Sind ein einfach-lichtes Bild.

Helle Wolke streift herüber;
Uns umweht ihr Schattenlauf.
Große blaue Falter schlagen
Sich wie Bücher vor uns auf.

ÜBERM GEWITTER

Der Nebel naht, schon bin ich eingetrunken.
Der Bach, noch stürzend wie durch Feuerspindeln,
Der letzten Hütten glühende Bronzeschindeln,
Was irgend Licht gibt, löschend ists entsunken.

Ein helles Summen schwingt in kalter Schwüle.
Grau träumt mich an ein Paar verirrter Ziegen,
Die meinem Tritt unschlüssig nachgestiegen;
Granite zittern unter mir, ich fühle

Den zartsten Halm Gewitterkeime tragen.
Doch ein Entzücken lehrt mich, den Gewalten,
Die mich umwachsen, starke Waage halten, –
Da wird wie Tuch der Dunst zurückgeschlagen.

Schroff-morschem Hang find ich mich nahgehoben.
Und über schwarzem, grün durchzucktem Grunde
Zieht langsam seine herrlich-sichre Runde
Ein brauner Habicht, grell beglänzt von oben.

ENTWICKLUNG EINER ZINNIE

Knospe, halb erwacht
In Gewitternacht . . .
Kern von samtenem Rubin,
Schuppiger Kelch umwindet ihn;
Doch dem Rand entschlüpfen viele
Gelbe Stifte, grüne Stiele,
Und das unvollkommene Rund
Ordnet sich von Stund zu Stund . . .
Aus den Stielen, aus den Stiften
Scheinen Flügel sich zu lüften,
Blättchen fein wie Faltergold,
Noch zu Hülsen eingerollt,
Jedes Blättchen auserwählt
Und von Elfenhand gezählt, –
Noch ein einziger Tageslauf,
Und die Hülsen tun sich auf,
Sind von Purpur schon durchdrungen,
Glätten sich zu seidnen Zungen,
Und die Zünglein all, die schmalen,
Schlürfen unsichtbare Strahlen,
Blühn sich aus mit Ätherlust
In dem seligen August . . .

In der Mitte, hold erlesen,
Webt ein Ring von Staubgefäßen
Und umgibt als goldnes Band
Einen neuen Blütenstand.

Komm nun, feierliche Stunde,
Unbegreifliche Sekunde,
Wo der flüchtige Schein
Aufglänzt als das wahre Sein!
Mags nun welken, mags zerstieben, –
Ewig bleibt es eingeschrieben –
Zauberspruch –
In des Vaters Formenbuch.
Unscheinbar und ohne Namen
Tief im Dunkel träumt der Samen.

GEIST UND SCHMETTERLING AM UFER

Ich bin ein Geist, für kurze Frist gebannt
An dieses Flusses klüftereichen Strand,
Wo Schilfrohr bräunlich blüht, wo die Libellen
Wie heiße blaue Nadeln mich durchschnellen
Und manchmal mit unwirksamer Gewalt
Ein menschlich Lied mich Schauenden umhallt.

Urseele, die nicht endet, nicht beginnt,
Selbst formlos, nur in Formen lebt und sinnt,
Sie hat mich in die Luft hervorgerufen;
Sie weiß für mich noch viele, viele Stufen,
Und jede macht mich lauterer und neuer.
Am Ende werd ich wohl als reines Feuer
Der alten Flamme wieder zugezündet,
Mein Glück erfüllt, mein heiliger Lauf geründet.

O Stundengang! o Segen irdischer Haft!
Wie fühl ich meine lichtgeborne Kraft
So groß und leidlos über Fisch und Welle!
Was aber bricht an jener Uferstelle
Den gelben Ton der grauen Weidenrinde? –
Zwei Flügel sinds, goldblau mit Purpurbinde,
Die manchmal sich gedankenstill bewegen
Und nun schwach schillernd auseinanderlegen,
Als ob die Freudenwoge drüber ging.

Ich kenne dies; es ist ein Schmetterling,
Ein Wesen mir verwandt, vom Strahl begnadet,
Das trunken lebt und keinem andern schadet.
O wie's den Äther saugt! Mit starkem Duft
Wie reife Beeren würzt es rings die Luft –
Doch still! Der seltnen Farbenfolge Bann
Lockt aus der Flut schon einen Feind heran,
Strandbürtig Volk, verwegne nackte Knaben;
Ein jeder will das lichte Kleinod haben.
Hier wird Gefahr! Ein Geisterrecht gebrauch ich,
Ich winde mich um ihn, unmerkbar hauch ich
Die Flügel ihm zusammen o so leicht,
Daß er im Nu der dürren Rinde gleicht.
Ein Häscher stutzt schon, beugt sich zweifelnd vor,
Mit halben Blicken streifend Baum und Rohr;
Ein andrer findet Muscheln unterdessen.
Bald, schöner Schmetterling, bist du vergessen.
Nun laß dich erst mit hoher Lust beschauen!
In Flügelunterflächen, scheinbar grauen,
Rankt seltsam goldne Schrift, – ein Netz von Zügen,
Die sich so zart und streng zusammenfügen
Wie leichter Sand auf klangbeseeltem Glas.
Zu welchem Wunder aber wird mir das!
Die goldne Schrift glänzt auf, – ich kann sie lesen!
Luft, Feuer, Wasser, Stein, mein eignes Wesen
Erfahr ich schmerzentzückt zum ersten Mal –
Fort! Fort! Ich will kein Wissen, keine Wahl!
Ein Heißes, Kreisendes will mich bezwingen,
Vom Geisterdienste los muß ich mich ringen, –
Wohin? Ich seh es nicht, ich fühle nur:
Ein fremdes Reich lockt mich auf glühende Spur.

Hinunter schwingts. Mein Ätherblut wird wärmer,
Ich brenne, – halt! flieh nicht! bleib, goldner
Schwärmer!
Nur einen Blick noch in dein Zauberbuch! –
Er gaukelt weg, ihn hält kein Flehn, kein Fluch –

Früher Kind, jetzt nur noch Gast des Hauses,
Halt ich Treue doch dem alten starken Hausgeist,
Und der Schlange bleib ich bis zum Tod befreundet.
Oft, auf Reisen, tafl ich an dem Tisch des Königs,
Lausche auch am heiligen Berg den Sprüchen des
Propheten;
Beide hoffen, daß ich künftig ihnen diene.
Aber Gold und Kleinod, Königs-Gastgeschenke,
Ungeschmälert überliefr ich sie der frommen
Schlange,
Und das mächtige Geheimnis des Propheten,
Ungesäumt verrat ich es dem stillen Hausgeist.
Keines Lohns bedarf ich, fordre jährlich einmal nur
das Gastrecht.
Immer dann im Herbst, wenn ich den Bergweg nie-
dersteige,
Pflügt ein Mann mit jungen Stieren harten Acker,
Greiser Hirte weidet braungefleckte Herde.
Drinnen wirken Töchter farbenblumige Gewebe,
Brot und Milch bringt eine schöne große Mutter,
Knaben kommen, daß ich ihnen Pfeile schnitze.
Traulich zischt im Flur die Schlange, Hausgeist singt
im Feuer.
Keines dient dem Könige, keines dem Propheten;
Einem ungebornen Herrn der Geister dienen alle.

SELIGE GEWISSHEIT

Ja, du bist Welle vom frühesten Licht,
Hast ein Erdenkleid genommen,
Bist in eine Welt gekommen.
Glaub an die Heimat! Betrübe dich nicht!

Glaub an die Heimat! Sie ist überall.
Schwarze Kohle wird heller Kristall,
Vom Strahl des Geistes getroffen.
Der Weg zum Ursprung, noch steht er uns offen.
Liebende flochten die magische Leiter,
Immer liebender wage dich weiter
Bis zu der letzten Sprosse hinan,
Wo dich ergreift der unendliche Bann!
Wenn die Seele dann herrlich erschrickt
Vor Abgründen, in die keine Ahne geblickt –
Stürze hinab! Geheiligt dein Fall –
Heimat umleuchtet dich bald überall.

IM ALTEN HAUSE BEIM BAHNDAMM

Noch spielt ein Traum – der Schläfer erwacht,
Lichtflecke gleiten durchs Zimmer schnell,
Ein Bahnzug rollt vorbei durch die Nacht,
Leise klirren die Gläser im Wandgestell;
    Dann tickt wieder nur
    Die vertrauliche Uhr,
    Zurück zum Schlummer sucht Natur,
    Doch tiefer erwacht jeder Sinn –
    O seliger Nachtgewinn!
    Des Tages Worte,
    Die dunkel geklungen,
    Sind nah bis zur Pforte
    Des Lichtes gedrungen,
    Alle Dinge befreit
    Von der zehrenden Zeit,
    Auf der Truhe das Tuch,
    Der Becher, das Buch
    Schimmernd von Ewigkeit . . .
Und wieder klirrt es im Wandgestell,
Ein anderer Zug rollt heran aus der Nacht,
Lichtnetze flirren durchs Zimmer grell,
Die wildere Seele erwacht.
    Sie schaut voll Sehnsucht auf Becher und Buch,
    Doch kein Innenglanz darf ihr genügen.
    Die heilige Stille, sie dröhnt ihr wie Fluch,
    Sie möchte reisen mit Strömen und Zügen
    Durch Fährnisse weit

In die zehrende Zeit,
Wo treibende Taten geschehen,
Wo Grenzen in Flammen vergehen.
Sie weiß, daß ihr Traumreich zerfällt,
Wenn der kreisende Sturm es nicht hält.
Mit großen Gewalten im Bunde,
Gegürtet in ewigen Mut,
Harrt sie der Morgenstunde,
Und die andere Seele, die ruht.
Schwarzes Weinlaub zittert am Fensterglas.
Der Mond muß über dem Hause stehn.
Man sieht am Berge die Nebel wehn,
Die Schienen schimmern durch dünnes Gras.

GARTENTAG

Von unsern Zitterpappeln fliegt noch immer
Der Samenflaum, das Gras ist wie verschneit.
Ein Rittersporn versendet seinen Schimmer,
Als käme eine Frau in blauem Kleid.

Am Brunnenrand begegnen sich die Schatten,
Das erste Dunkel nistet im Geheg.
Noch fehlt uns viel: komm, fügen wir die Platten
Von hellem Schiefer in den neuen Weg,

Der bei den Fliederbüschen dort im Bogen
Zum Gitter führt! Bald werden wir ihn gehn
Und über flimmernden Getreidewogen
Das ferne Kuppelgrün der Stromstadt sehn.

O langer Gartentag! Duftender Abend,
Halbfertiges Beet, noch ohne Form und Flor –
Wie wohl wird uns! Die schwere Erde grabend
Bereiten wir den Traum der Jahre vor.

DIE FREMDE AUF MEINER BANK

Wie kam das fremde Weib zu meiner Bank?
Gewitter nahn dem Park von allen Enden.
Sie schläft. Sie muß ganz alt sein, alt und krank.
Die Krücken gleiten aus verwelkten Händen.

Ein Gärtner läßt aus blanker Messingbrause
Den kalten Quell in Busch und Beete stieben,
Und Kühlung haucht herüber bis zum Hause –
Die Schlafende zerfließt im schimmrig Trüben.

Gewölke pressen schwer herab. Sie halten
Das Glühende noch dichter an der Erde.
Noch einmal schräg aus gelben Wetterfalten
Schleicht Sonne durch, noch einmal ists, als werde

Die Düsternis zu Tag, und dort, – o schau:
Schmal durch die sprühende Dunstluft hingezogen,
Über dem Haupt der armen grauen Frau
Glänzt wunderbar der siebenfarbige Bogen.

Wo sind nun Rosen? Wo die Schwäne?
Der Teich, von Goldfischen durchflammt?
In sich zerstürzt ist die Fontäne,
Das Becken leer und schwarz verschlammt.

Aus kahlen Bäumen tropft es neblig;
Dort stehen Tische, grad gereiht.
Auf Gäste warten sie vergeblich;
Denn es ist nicht mehr Gäste-Zeit.

Auf offnen Doms bemoosten Stufen
Verzehrt ein Bettler karges Mahl.
Vom Turme flattern wie gerufen
Die heiligen Tauben allzumal.

Sie schwirren ihm um Hut und Wangen.
Sie rauben ihm sein letztes Brot.
Er lächelt, knabenhaft befangen,
Und freut sich plötzlich seiner Not.

FREMDE WELT

Die Meise, die sich in den Dom verflogen,
Was helfen ihr die Gnadenbilder alle,
Der Orgelklänge feierliches Wogen?
Das Heiligtum wird ihr zur Todesfalle,
Die goldnen Engel, die sich gütig neigen,
Vermögen ihr den Ausweg nicht zu zeigen.
Umblendet von unschuldiger Gefahr
Zerstößt sie sich den Fittich am Altar.

Finsternisse fallen Dichter
Auf Gebirge, Stadt und Tal.
Doch schon flimmern kleine Lichter
Tief aus Fenstern ohne Zahl.

Immer klarer, immer milder,
Längs des Stroms gebognem Lauf,
Blinken irdische Sternenbilder
Nun zu himmlischen hinauf.

AN EINE KATZE

Katze, stolze Gefangene,
Lange kamst du nicht mehr.
Nun, über dämmerverhangene
Tische zögerst du her,

Feierabendbote,
Feindlich dem emsigen Stift,
Legst mir die Vorderpfote
Leicht auf begonnene Schrift,

Mahnst mich zu neuem Besinnen,
Du so gelassen und schön!
Leise schon hör ich dich spinnen
Heimliches Orgelgetön.

Lautlos geht eine Türe.
Alles wird ungewohnt.
Wenn ich die Stirn dir berühre,
Fühl ich auf einmal den Mond.

Woran denkst du nun? An dein Heute?
Was du verfehlt und erreicht?
An dein Spiel? Deine Jagd? Deine Beute?
Oder träumst du vielleicht,

Frei von versuchenden Schemen
Grausamer Gegenwart,
Milde teilzunehmen
An der menschlichen Art,

Selig in großem Verzichte
Welten entgegen zu gehn,
Wandelnd in einem Lichte,
Das wir beide nicht sehn?

DER ALTE BRUNNEN

Lösch aus dein Licht und schlaf! Das immer wache
Geplätscher nur vom alten Brunnen tönt.
Wer aber Gast war unter meinem Dache,
Hat sich stets bald an diesen Ton gewöhnt.

Zwar kann es einmal sein, wenn du schon mitten
Im Traume bist, daß Unruh geht ums Haus,
Der Kies beim Brunnen knirscht von harten Tritten,
Das helle Plätschern setzt auf einmal aus,

Und du erwachst, – dann mußt du nicht erschrecken!
Die Sterne stehn vollzählig überm Land,
Und nur ein Wandrer trat ans Marmorbecken,
Der schöpft vom Brunnen mit der hohlen Hand.

Er geht gleich weiter, und es rauscht wie immer.
O freue dich, du bleibst nicht einsam hier.
Viel Wandrer gehen fern im Sternenschimmer,
Und mancher noch ist auf dem Weg zu dir.

BLICK BEIM ERWACHEN

Durch letzten Schlummer fühlst du: es ist Herbst,
Und Nebel stocken, und die Glocken läuten,
Durch Traum gedämpft, von fernem Turm.
Doch einmal wirst du wach, die Blicke fragen –
Da schwebt der blaueste Tag im offnen Fenster
Und hoch im Fenster das Netz einer Spinne,
Das ist beschwert mit blitzenden Tautropfen, –
Und mitten in dem Netze zuckt und blutet
Ein kleines Herz, irgendwo hergeweht,
Ein Blütenblatt einer Geranie.

ALTER BAUM IM SONNENAUFGANG

Frühnebel steigt aus einsam altem Baum.
Es lichten sich die weiten Astwerkräume,
Die purpurbraunen, rostbespritzten Blätter,
Die nur der Frost noch festhält. Schwarz von Osten
Aufwogt Gebirg. Aus hoher Gipfelzacke
Strömt weißer Brand und saugt in großen Zügen
Den Dunst nach oben, schräge Strahlen lagern
Herab, leis knisternd fallen Blätter –
Und stärker schüttert Licht. Es klingt, braust, –
schaudernd
Erwacht der dunkle Baumgeist; in die Sonne
Reckt er sich tausendzweigig, nieder
Wirft er die breite purpurne Belaubung,
Und Himmel, Himmel füllt das nackte Holz.

BARBARATAG

4. Dezember

Kirschenzweige bringt ein Mädchen
Über kahle kalte Heide.
Dämmertag ist Nacht geworden,
Dörfchen blinkt wie Lichtgeschmeide.

Engelstimme singt vom Himmel:
Dunkle Reiser, seid erkoren,
Staubverweht sind lang die Blumen,
Feld und Garten eingefroren.

Ihr nur werdet grünend leben,
Wenn der Erde Pflanzen fehlen.
Heilige Nacht wird Blüten treiben,
Und ein Glück kommt in die Seelen.

Letztes Rot verlischt am Walde.
Ton in Lüften bebt entschwindend.
Über die verhüllte Heide
Haucht der Bergwind, Schnee verkündend.

RAUHES LAND

Die Stadt verdämmert weit in unsrem Rücken,
Der letzte sanfte Rebenhügel schwand.
Wir fahren über hohe Eisenbrücken,
Wir nähern uns dem rauhen Heimatland.

Verspätet reift am Hang die Vogelbeere,
Wacholderschatten fällt auf Urgestein.
Der Sperling rüttelt an der magern Ähre,
Die Bergschlucht atmet Wolken aus und ein.

Hier schrumpfen alle Dome zu Kapellen,
Verziert mit Gnadenbildern feurig bunt,
Und draußen im Geröll entspringen Quellen,
Die gehn zum schwarzen See im Fichtengrund.

O bald sind alle Steige schneeverweht,
Ungangbar auch der Weg zum fernen Grabe.
Wir trösten uns: in jedem Hause steht
Ein guter Sarg bei andrer lieber Habe.

Vielleicht um Ostern, wenn in unserm Norden
Die Heide blüht, wird einer fromm versenkt,
Und bald ist Staub und Geist aus ihm geworden –
Wohl dem, der dann noch freundlich an ihn denkt!

Noch sind wir stark. Die Luft blinkt von Kristallen,
Und Hoffnung lebt im Greis wie einst im Kinde, –
Land ohne Wein und ohne Nachtigallen, –
Daß er in dir den Stein der Weisen finde.

WALD IM WINTER

Du hoher Wald, von Baum zu Baum durchsponnen
Mit blassen Reifs verschlungenen Gehängen,
Verführ mich nicht zu tief in finstern Gängen!
Früh schleicht hinab das gelbe Licht der Sonnen,
Frost blüht wie Locken von Asbest im Grunde,
Es zagt der Schritt, das Herz wagt nicht zu klopfen,
Wie Augen schaun die großen goldnen Tropfen
Von klarem Harz an alter Kiefer Wunde.
Und Beerenbüschel glühn, purpurne Zeichen,
Aus niedern Strauchs durchsichtiger Eisesbürde,
Wie Lippen, die ein Tod so jäh berührte,
Daß sie nicht Zeit mehr fanden zum Erbleichen.

VIA APPIA

Dem Gedächtnis der Editha Curtius

Grauer Wandrer sucht im Grase
Scherbenrest vom Aschenkrug.
Auf der breiten Gräberstraße
Singt und geigt ein Hochzeitszug.

Zwischen Marmor-Angedenken
Toter Gatten, toten Kinds
Kommen sie mit Brautgeschenken;
Lauter junge Menschen sinds.

Und nun sitzen sie bei Tische,
Freuen sich am Festtagsmahl;
Myrtenduft und Meeresfrische
Wehn im offnen Gartensaal.

Trinkend schaun sie grüne Weide,
Die an gelbe Felder stößt,
Wo der Südwind im Getreide
Den verborgnen Mohn entblößt.

Weißen Vogels blaue Schwingen
Schimmern abendhell heran,
Und es haucht aus allen Dingen
Große Mutter, großer Pan.

Reife atmet von Zitronen,
Die wie feste Brüste sind;
Unter Ölbaum-Silberkronen
Wiegt sich dunkles Weingewind.

Aus dem Herzen der Agave
Stieg der zeugerische Stamm,
Und am schwarzen Mutterschafe
Saugt ein silberweißes Lamm.

HEIMLICHE LANDSCHAFT

Reich verstreute Tempeltrümmer
Glühen gelb im Sonnenbrand.
Ginsterbüsche zwischen Säulen
Ziehen Gold aus heißem Sand.

Edle Schmetterlinge zieren
Marmorhaupt und Marmorschoß;
In des Gottes Achselhöhle
Wuchert blühend grünes Moos.

Eine silbergraue Schlange
Liegt zerbrochen starr im Staub;
Kinder knieen zu ihr nieder,
Decken sie mit Walnußlaub.

Und schon steigen aus dem Boden
Harte Käfer scharenweis,
Toten Leib zurückzutragen
In der Wesen heißen Kreis.

ERGÄNZUNGEN

An Ludwig Curtius

Wir kamen aus dem Kreuzgang in den Hof,
Wo Rosen rankten im Gezweig der Zeder
Und in den Achseln einer jungen Palme
Die vollen goldnen Samenbüschel wuchsen.
Am Boden aber blühte wie im Norden
Feldblume Wegwart, blaue Sträuße reihend
Um das zerfallne Bildwerk alter Särge.
Und wie der Blinde, den ein Sonntagskind führt,
Geheime Dinge schaut im innern Dämmer,
So lernte ich sehn, und die zerbrochnen Formen
Ergänzten sich beim Klange deiner Deutung
Zu klaren Szenen lichtbeglückten Daseins.
Zwei Elefanten tragen eine hohe
Grablampe; ihr entsprießen Laub und Äpfel,
Und Nymphen schmiegen sich an Fabeltiere.
Doch groß und heilig zwischen Mann und Frau
steht
Juno Pronuba, Schirmerin der Ehen.

Wir gingen weiter zwischen roten Urnen
Bis zu der hohen Schreitenden aus Marmor;
Vor dunkelgrüner Laubwand ragt sie, hauptlos,
Doch ihre leicht beschuhten Füße eilen.
Da zuckte Schmerz aus altem, fremdem Schicksal
Ins eigne Blut herüber, fliehen wollt ich
Vor allen schönen Trümmern heiliger Vorzeit
Zurück ins frische, strömend wilde Leben.

Doch du, du fandest neue Zauberworte,
Verklärende, und die fluchtgewillte Seele,
Sich beugend unterm Hauche deiner Andacht,
Begann gehorsam-still das alte Steinbild
Mit deiner glühenden Rede zu vergleichen.
Kein Schwärmen wars, war nur ein innig Wittern,
Der leise Anfang einer treuen Übung,
Die ohne Zutun sich unendlich fortsetzt.
Durch manches Land bin ich seither gezogen,
Viel Menschen traf ich, nirgends ist ein Bleiben;
Doch öfters, wenn ich spät aufs Lager sinke,
Seh ich im Dunkel der geschloßnen Lider
Die ewige Wandrerin, die du so rühmtest
Mit wunderbaren rührenden Legenden.
Entgegen kommt sie mir, doch nicht mehr hauptlos,
Und immer weiß ich: sie wird wiederkehren;
Denn sie nimmt Kraft aus meinen tiefern Kräften.
Statt eines Kopfs, der irgendwo im Schutt liegt,
Wuchs ihr ein Lichthaupt, wie Athena schimmernd.
Oft lischt sie aus, plötzlich erglänzt sie wieder;
Dann eilt sie sternenhell durch rote Wolken
Und will mich nachziehn in ein Geisterland.

STERN ÜBER DER LICHTUNG

Die Knechte fällen Baum um Baum im Wald.
Wie Vogelnest, vom Herbste preisgegeben,
So sichtbar ist nun unser Aufenthalt,
Und alle schaun in unser Werktagsleben.

Das leise, schaurige Gebraus ist stumm,
Das unsre Mühen trug auf heiliger Schwinge –
Wir müssen feiern. Unsre Zeit ist um.
Wir gehn hinaus und zählen Jahresringe,

Halb trunken von des Harzes herbem Hauch.
Doch während wir die Silberzweige brechen
Vom Fichtenwipfel zwischen Stein und Strauch,
Scheint uns der Himmel heimlich zuzusprechen.

Aus tiefem Abend glänzt ein heller Stern,
Den wir vor lauter Wald sonst nie gesehen.
Er mahnt zu Heimkehr, und wir folgen gern.
Wir müssen vor dem klaren Licht bestehen.

SCHUTZGEIST

Am Abgrund, wo dein großer Garten endet,
Rasten wir unter deinem letzten Baum.
Er steht am Rand; die Äpfel, die er spendet,
Gehören dir zur Hälfte kaum.

Du weißt es wohl und magst es nicht verhindern,
Daß Frucht um Frucht am Hang hinunterrollt,
Erwartet von des Ufers wilden Kindern,
Du hast es immer so gewollt.

Und weißes Haus und grüne Ländereien,
Sie sind nur Wolke, die dich leicht umgibt,
Ein Schutz, den milde Götter dir verleihen,
Ein Reich, das einst mit dir zerstiebt.

Nur deine Treue kann dich überdauern,
Die sich dem Werk der Freunde nie versagt.
Oft, wenn wir ein Gefährdetes betrauern,
Hast heimlich du das Rettende gewagt.

Du sprichst vom Höchsten so, als obs dir fehle.
Wir aber atmen doch nur in der Kraft
Und in den Strahlen deiner freien Seele . . .
Du hältst nur Leidende für seelenhaft.

Wer sich in deine Weise fügt, gesundet
Vom Wahn der Sorge. Du bist innerlich
Voll Glanz der Heimatflur. Wer dich verwundet,
Kränkt einen Größeren als dich.

LEIDENSCHAFT

Das Blau begrüßend, werden wir Azur.
Frei gehen wir durch die Dämonenflur,
Als ob die Welt noch schuldlos offen stünde;
Die Sonne schiebt sich durch Gewittergründe
Hinab zu ferner Forste Splittersaum.
Von Flügelschlägen blinkt es tief im Raum,
Und immer streift am Korn die Schwalbe dicht,
Sie meidet unsre wache Nähe nicht.
Kaum fortgeblitzt, jäh wieder hergeführt,
Und manchmal, wenn ihr Flug uns fast berührt,
Daß wir der Augen schwarzes Licht gewahren,
Befremdet uns ihr ungestüm Gebaren.
Es ist, als ob sie uns den Weg verstelle,
Uns zornig scheuche von der Ackerschwelle.
Sie spürt Gewalt, sie wittert grausige Wunden,
Sie sieht uns noch ans blinde Sein gebunden,
An böse Träume, süßen Tiefentrug,
Wir sind ihr noch nicht leicht, nicht kühn genug.
Ihr will vor Schnellkraft fast die Brust zerspringen.
Sie möchte uns zum Vogel-Sein beschwingen,
Uns aufwärts ziehn aus Gärungen und Nöten,
Und wen sie nicht befreien kann, will sie töten.
Wir aber schaun ihr nach wie einem Schemen;
Des Vogels Gabe dürfen wir nicht nehmen.
Uns führt ein Gott in strengen Lebensschranken;
Wir dürfen nichts der Kreatur verdanken.
Uns lösen keine Geister, keine Flammen,
Als die aus unserm eignen Blute stammen.

LEBENSTAG

Alter Strand, neu beglückt
Im erwachenden Schein,
Die Amsel, sie pflückt
Unsern reifenden Wein.

Grauer Nebel, der leis
Unser Leben umnagt,
Sieh, wie heilig, wie weiß
Er entschwebt, nun es tagt!

Stund um Stund ohne Ruh,
Jede legt ihren Glanz
Der folgenden zu,
Bald vergehen wir ganz

In der seligen Glut,
Die uns schmerzlich versehrt,
Bis im tieferen Blut
Eine Woge sich wehrt . . .

In dem feurigsten Stern
Wächst ja kühl kühl ein Keim,
Still drängt unser Kern
In die Wurzelnacht heim . . .

Heller Falter im Strahl
Entflieht unserm Blick;
Er läßt uns im Tal
Seinen Schatten zurück.

LEBENSLIED

Gestirne, mit Lichtfittichen schnell atmende,
Dem Kinde nah wie Winterblumen, dem Reifenden
Von Jahr zu Jahr entschwebend hell in heiliges Nichts –
Wie kommts, daß ihr euch wieder naht und irdisch glänzt?
Treu dient der Mann dem dunklen eisernen Erden-Kern
Und glaubt sich gern allein mit sich und seinem Tag.
Doch dafür lenkt ihr ihm urmächtige Scheine zu
Und segnet ihn sanft ein in euer Gleichgewicht.
Ja, fehl geht Fernsucht, starr ist Äther, – tu dein Werk,
O Freund, bis es dir federleicht wird und entfliegt,
Und frag nicht viel, wie schwer es wiegt in fremder Hand!
Nimm hin die Stunden wie ein andrer! Neige dich
Einer Geliebten! Liebe Kinder schenkt sie dir
Mit Augen voller Sonne. Sie bauen dir ein Grab
Mit lichteinsaugend schwarzen Schmerzensbäumen einst,
Nah deiner Stadt, nah deinem Strand, – was willst du mehr?
Du aber führst sie auf die Heimatberge hin,
Wo Wolken sich umschimmern, sich umschatten weit
Und Adler schrein im blitzenden Gewitterstrich.
Der Blick wird groß vom Ferne-Schaun, und nüchtern wächst
Das Herz. Auch lockeres Gartenland, ein übrig Teil,

Verleih den Kindern! In die kleinen Hände streu
Die grauen Blumensamen! Wenn ein Reis entspringt,
Gebiete, daß sie es behüten sommerlang!
Ermutige sie, an Herrliches, das noch nicht ist,
Zu glauben und sich innig dafür zu bemühn!
Es kommt ein Tag, da wenden sie sich von dir ab.
Ihr Leben steigt und füllt sich aus mit Eigentum,
Und zackige Türme, flammentragende, rufen sie
Zu Tat und Fest. Fern treibt sich auch dein Werk
dahin
Im rollenden Mittag, einst gleicht es dir nicht mehr.
Der Weg entbiegt sich. Überschritten ist ein Ring.
Oft fühlst du dich besprochen und weißt nicht, von
wem.
Ja, wie aus goldener Welt in diamantene Welt
Gerätst du dir. Und riesig stehn die Sterne da.
Erkenne nun das Glück, das du mit ihnen teilst!
Denn wie zuweilen sich verschiebt Planetenbahn,
Weil irgendwo ein unbekannter größrer Stern
Den andern zieht mit wundertätiger Herzenskraft,
So wirbt um dich ein Brudergeist verborgen groß,
Der jugendlich in eigner Sphäre träumend brennt
Und dein bedarf, obgleich viel herrlicher als du.
Dem weihe dich! Brich auf zu letzter Wanderung!
Dann kehrt dein Morgen wieder, wandernd wirst du
neu.
Doch sträubst du dich, so altert gleich in dir der Gott,
Und eine schöne Erde bringst du in Gefahr.
Nimm wenig mit!
Was du gesammelt hast an Waffen und Geschmeid,
Die Masken auch, durch die sich oft das Leben hält,

Laß alles hier! Du näherst dich dem Strom, wo hoch
Auf Orgelpfeifen von weißem Feuer die Brücke steht,
Die glühende, die nur einmal sich dem Geist erbaut –
Betritt sie kühn! Es treibt eine Harfe aus hellem Eis
Auf dunkler Flut, von Sternkristallen dicht gefügt,
Die tönt. Und wenn sie an den feurigen Pfeilern
    streift,
Oh, schrecklich-selig dröhnt die ganze Brücke dann.
Du aber, in ewigem Klingen, schwingst dich feuerfest.
Was an dir mühsam ist, als Asche fällt es ab.
Geh weiter! weiter! Du bist auf dem rechten Weg.

ERWACHEN AUS EINER TRÄUMEREI

Zwei Thymianbänder umsäumen die Straße.
Du kommst mir entgegen im Sonntagsgewand
Und bringst welke Gräser in leerem Glase . . .
Du sagst, es gebe kein Wasser im Land.

Wir wandern und wandern, wir suchen voll Sorgen,
Die Gräslein zu tränken ist innige Pflicht.
Wir fühlen unendliche Quellen verborgen,
Wir hören sie murmeln und finden sie nicht.

Soll ich die Wünschelrute befragen?
Sie war uns in Zeiten der Jugend so hold.
Du sagst: wir leben in tödlichen Tagen,
Die Wasser versinken, es hebt sich das Gold.

Wir stehn vor der Felswand mit zweifelndem Mute,
Und Kleider und Haare sind golden verstaubt . . .
Nun hebst ja du selber die Wünschelrute
Und lächelst und schlägst mich sehr sanft auf das
  Haupt.

Allein geh ich wieder – wo bist du geblieben?
Die Gräser, wo grünen sie? Nimm dich in acht!
Ein Geist sieht uns zu, wenn wir träumen und lieben –
Horch, Wellen von Regen durchbrausen die Nacht!

Der Acker der Zeit wird mit scharfer Pflugschar
  gepflügt.
Wohin wir schaun, sind aufgeworfene Schollen;
Doch hart ist das Erdreich, – ob ihm unsre Keimkraft
  genügt?
Still, sorgen wir nicht, wohin wir gesät werden sollen!
Wer weiß es denn, ob er nicht Keim für künftigen
  Stern ist?
Machen wir selbst uns nur dichter und wahrer und
  neuer,
Daß alles in uns vergehe, was nicht ganz Kern ist!
Und wenn uns das Erdreich nicht löst, so löst uns das
  Feuer.

GRUSS

Erschreckt dich noch die Flammen-Einsamkeit?
Versucht dich manchmal noch die alte Zeit
Mit ihren spröden Taten, losen Spielen,
Unzähligen Masken, drin wir uns gefielen?
Es frommt nicht mehr. Der Kreis ist überschritten,
Rückweg und Flucht freiwillig abgeschnitten.
Im tief Erkannten können wir nicht wohnen.
Ich sandte meine mächtigen Dämonen,
Dir nah zu gehn mit Winken und mit Stimmen;
Stark wirst du sein zum Guten wie zum Schlimmen,
Indessen ich im untern Leben weile,
Mein schwankes Los mit vielen Brüdern teile,
Die mir den Gott der Schmerzen offenbaren,
Bis endlich nach bestandnen Prüfungsjahren
Die frei Gesonderten sich neu verbünden.
Einst werden wir im höchsten Eros münden
Und jedes andern Dämons leicht entraten:
Die letzte Tat prägt alle frühern Taten.

DAS MÄDCHEN VON DOBROWLANY

Eine Epistel

Wer hat, o Freund, von Gegenwart zu Gegenwart
So dich geängstigt, daß du nun das Licht verkennst,
Das innige, zu dem wir doch geboren sind,
Sogar Erinnerung fliehst an Stunden, wo wir froh,
Die heiligen Dichter deutend, wanderten im Wald,
Und an lautklirrende Tage, da der Kriegsgeist uns
Bisweilen in der Fremde jäh zusammentrug?
Nur dumpfe Stufe nennst du dies, und, wundersam,
Als wollt ein Baum sein eignes Wurzelwerk bespähn,
Entfremdet gleichen Losen, die du niedrig schiltst,
Gesammelt schweigsam drängst du dich ins Geister-
All,
Und was dir sonst, vom Ursprung her, so leicht
gelang,
Die klarste Schau, das beste Tun, dir gilts nicht viel;
Geheimer Lehre kund, in strengen Übungen,
Hoffst du den ewigen Ätherleib in dich zu ziehn,
Gestirnen Sternkraft abzuzwingen grenzenlos.
Doch dies ist nun dir auferlegt. Ich rechte nicht
Und schnelle nur manchmal einen bunten Pfeil dir
nach,
Der dich umklinge, nicht verwunde, – vielleicht
geschiehts,
Daß du noch einmal umblickst, ob unwillig auch,
Und schaust mit mir Vergangenheit: Novikas Höhn,
Die, noch verschont, im hellen Abend schimmerten;
Das Maisfeld war ein fließendes Geleucht im Wind,

Und Schnitterinnen gingen spätem Tagwerk nach.
Uns aber, fernher, suchte noch ein fliehender Feind
Mit Brandgeschoß. Im Dorf, das Dobrowlany heißt,
Webt über Leichen vielgeteilte Flamme schon.
Der Kirchturm raucht. Strohdächer sprühn. Der junge Storch,
Der, angstvoll klappernd, noch das alte Nest gesucht,
Mit erzdurchschnittener Schwinge stürzt er schwer herab
Ins Dachgebälk, das glühend blau zerblättert. Nah
Dem Dorfrand aber, unsern Toten angereiht,
Da schlafen, die die Flucht verschmähten, Greis und Frau,
Vermummten Haupts, in blutigen Kitteln, ewigen Schlaf.
Und nun entsinne dich, wie uns Licht aus Düstrem kam,
Als längs den Bränden, hoch von Funken überweht,
Kornhelles Haar vorsinkend unter Scharlachtuch,
Mühsam das Mädchen ging und weißer Linnen Last
Auf schmächtigen Schultern schleppte nach der Leichenflur.
Entkleidet sind, unfaßbar eilig, Weib und Mann
Und lind gehüllt in blumendurchwirktes Totenhemd.
Aus Lüften zischt es, Warnungsrufe hallen rauh;
Doch sie, ganz Arbeit, ganz Gesetzgeist, Liebende,
Die keiner Scham bedarf, hat Gurt und Sturmhelm schon
Dem nächsten Krieger abgeschnallt, den Waffenrock,
Das Hemd entstreift und gönnt sich nicht die kleinste Rast,

Bis alle, alle festlich eingekleidet sind,
Wie sichs für Tote ziemt im Land Galizien.
Dann ruht sie aus auf ihrem schmalen Linnenrest,
Die Arme überm Schoß gekreuzt, und sieht uns an,
Als warte sie auf neue Leichen, ernst und still.
Nacht kam und Aufbruch. Erde brennt in langem
Strich.
Nicht Häuser nur, auch Garbenfelder lodern weit.
So stiegen wir durch Flammenscheine von Höh zu
Höh;
Doch als es tagte, blickten wir durch scharfes Glas
Ins Land zurück. Bald fanden wir den Aschenrauch
Von Dobrowlany. Vögel flogen, schwarz geschart.
Da grüßten wir das fremde Mädchen im Zwiege-
spräch:
Du nanntest sie die Glückliche, die sich ihr Herz
In edlen Wahnsinn hingerettet, – gedenkst du noch?

Doch wer sind wir, mein Freund? Was für Befehl traf
uns?
Oh, hätten wir Seelen, einander als Lebendige
So schön zu nahn wie jenes holdentrückte Kind
Verlassenen Toten, so mit weihendem Gebrauch
Einander zu gewanden neu von Zeit zu Zeit
In Lichtgeweb, lang aufgespartes, geistiges,
Das keine Strahlen durchläßt als die freudigen
Der innern Sterne, – wären wir nicht reich genug
In unsrer Welt? Wärs not, in andere zu spähn?
Zu schleichen um unflügger Geister bleichen Kreis,
Der auch nur harren will ob ihn die Liebe nicht
Erweckt und hebt und in unendliche Dienste zieht?

AUSKLANG

Das Kind ist in den Liebenden verborgen,
Wie lichter Schnee in dunkler Wolke ruht.
Wir freuten uns der unverhofften Sorgen,
Wir grüßten fromm das Bild aus unserm Blut.

Und angeglänzt von einem Geistersterne
Vertrauten wir der Lehre und dem Lied
In herben Jahren und verschmerztens gerne,
Daß uns im Irdischen manches nicht geriet.

Lichtwanderer kamen auf umstürmten Straßen;
Auch schöne Tiere kehrten bei uns ein,
Die bald ihr großes Wüstenglück vergaßen,
Um uns zu schützen und bei uns zu sein.

Wir deuteten aus Fiebern eignen Wahnes
Den Krieg der Welt. Er war uns mehr als Trug,
War etwas vom Gestirn uns Angetanes
Und ließ uns Raum zu freier Tat genug.

Das Leben mischt noch einmal unsre Lose,
Und manches bringt Gewinn, das Niete war.
Viel Zeiten tragen uns, und auch die Rose
Verherrlicht sich dem Geist von Jahr zu Jahr.

Das Kind, schon will es nichts mehr mit uns teilen.
Heil seiner Bahn! Doch unser Maß ist voll.
Die Sonne rückt am Berg. Wir müssen eilen,
wenn sie uns noch gewaltig treffen soll –

WORTE
ZU EINEM ANTIKEN GRABRELIEF

Blumen, die dich noch lächeln machten,
Als wir sie dir an dein Lager brachten,
Wilde Nelken und Silbergras,
Heben wir aus ihrem Grunde,
Planzen sie auf dein Grab zur Stunde –
Silber und Purpur, wie freute dich das!

Aber was man Entschlafenen spendet,
Ist vielleicht nur hold verschwendet
Wie Wein, den man den Wellen gibt,
Und im Herzen wächst ein stummer
Unerschöpflich dunkler Kummer:
Ach, ich hab dich nicht genug geliebt.

Du, du darfst es uns nicht sagen,
Was dir blieb von allen Tagen,
Die dir Moira zugelost,
Siehst auch nicht mehr unsre Reue
Über unvollkommene Treue,
Über vorenthaltenen Trost.

Wir erführens doch so gerne,
Wie dir war auf diesem Sterne,
Ob es uns vielleicht gelang,
Dein verschwiegenes kühles Leben
Hell mit Heimat zu umgeben –
Kannst du hören? Uns ist bang.

Reue geht auf brennenden Sohlen.
Still, es ist nicht nachzuholen,
Was man in der Zeit versäumt.
Aber die Manen – wer mag es ahnen? –
Wandeln sie denn noch auf Bahnen,
Wie der Trauernde sie träumt?

O wie bist du schön geworden,
Seit wir dich dem stillen Orden
Der Versunkenen anvertraut!
Aber um dich neu zu sehen,
Müssen wir wohl über Brücken gehen,
Die der freieste Mut erbaut,

Müssen schöpfen aus Traumesquellen,
Totes wiederherzustellen
Und mit Farben tief und rein
Wie auf attischen Lekythen
Zarten Wesensglanz zu hüten:
Alles Bild will Urbild sein.

Wenn wir so die Geister ehren,
Ihren Wert in uns vermehren,
Wird uns keiner zum Gespenst.
Nimm dir unsern Fleiß als Zeichen,
Dran du uns in allen Reichen
Als die Deinigen erkennst!

Ewige Musik empfangen
Wir von solchen, die heimgegangen,
Ihr Geleite fehlt uns nie.

Ob wir lernen, spielen, wandern,
Froh und traurig sind mit andern,
Groß wird alles nur durch sie.

Was die Denker von Wandlungen wissen,
Sind nur Fünklein in Finsternissen,
Reich uns deine Seelenhand!
Lehre uns Leben zu Lebenden senden!
Laß uns im Unendlichen enden,
Wenn der Stoff aus der Flamme verschwand!

Alles eigene Zagen und Wagen
Wird im Strahle fortgetragen
Einer heiligen Mitte zu,
Wo wir keinen je verletzen
Und nach rechtlichen Gesetzen
Walten in der Weltenruh.

DER BOTE

Aus deinen Augen
Mit lichtem Strahle
Ruft mich das Leben
Zum letzten Male.

Die dunklen Jahre,
Sie sind entsündigt.
All meine Dienste
Hab ich gekündigt,

Will nur noch leben
Von deinem Brote.
Einst war ich Gärtner,
Nun bin ich Bote.

Die große Tröstung
Im Geisterbunde
Geht ungeschrieben
Von Mund zu Munde.

Wenn alle Zierden
Wie Schaum vergehen,
Wird man dein Werben
Innig verstehen.

In Masken wandr' ich
Durchs Weltgetriebe.
Den ganz Verlaßnen
Gilt unsre Liebe.

Die Bahnen meid ich,
Wo Wagen jagen,
Die reichen Märkte,
Die falschen Fragen.

Leicht wird ein Kleinod
Uns abgehandelt,
Leicht eine Sehnsucht
In Schuld verwandelt.

Rings brennen Städte,
Rings modern Leichen.
Ich geh vorüber,
Das sind nur Zeichen,

Mich zu verstören
In meiner Seele,
Daß ich vor Kummer
Den Weg verfehle . . .

Gern ruh ich abends
Am Berg der Hirten,
Die Märchen sagen
Und mich bewirten.

Wir sitzen redend
Beim sauren Weine.
Die Schafe lecken
Am Salz der Steine,

Und wenn die Hirten
Ins Zwielicht sehen,
Schaun sie die Dinge,
Die bald geschehen . . .

Gestirne steigen,
Da wird noch klarer
Dein stiller Auftrag,
Noch wunderbarer.

Es raunen Quellen
Unirdisch leise.
Tief will ich schlafen,
Auch Rast ist Reise,

Und nie verspätet
Sich unsre Kunde.
Wir kommen immer
Zur guten Stunde.

DER KLEINE LESER

1942

Raubvögel fallen ein im Abendgarten,
Wo unsere Nachtigall so einsam singt.
Sie bergen sich im dichten Laub, sie warten,
Bis uns die Kriegsnacht in die Stuben zwingt.

Gleich werden wir mit undurchsichtigen Stoffen
Das Haus vermummen, daß kein Feind es finde –
Laß dieses Fenster noch ein Weilchen offen!
Der starke Sommer atmet aus der Linde,

Langsam verlöschen rote Rosenwunder,
Noch spiegeln sich im schwarzen Brunnenrund
Lichtweiße Blütenscheiben vom Holunder,
Gießkannen schimmern matt im Schattengrund.

Hoch steht ein Stern, wir müssen uns verschließen,
Solch eine Juninacht währt ja nicht lang.
Wir wollen das erhellte Heim genießen –
Doch ferne summt ein leiser, böser Sang,

Und Warnung heult! Es zuckt von jeder Bombe,
Die fallen wird, ein Vorgefühl im Blut.
Gehn wir hinab in unsre Katakombe,
Die uns umhütet kellerkühl und gut!

Hier welkt ein Strauß in der ererbten Vase,
Die man zum Schutze herverliehen hat;
Brautbilder junger Ahnen unterm Glase,
Ein Stahlstich der noch unversehrten Stadt,

All dies ist unser zwischen Tod und Leben . . .
Wir sammeln uns um einen alten Tisch
Zum späten Abendmahl – was mag es geben?
Erdbeeren, Milch, ein wenig Brot und Fisch.

Sieh, auch das Kästchen hat sich eingefunden,
Das Tönewellen aus dem Äther fängt!
Ein Saitenspiel erklingt, o da gesunden
Wir gleich von allem Graun, das uns bedrängt.

Es folgen Rhythmen reiner hoher Dichtung –
Auf einmal steigt aus flammender Fanfare
Die Tagesbotschaft stündlicher Vernichtung,
Da überdenkt wohl einer seine Jahre

Und wundert sich, daß er im Leben weilt,
Wenn Legionen Jüngerer hinsinken;
Doch keiner weiß, was ihm noch zugeteilt
Und was für Genien über Gräbern winken.

Die Seelen jener, die gewaltsam enden,
Gewinnen ja zu Zeiten große Macht.
Sie suchen uns, beflügeln uns und wenden
Uns Zielen zu, an die wir nie gedacht.

Nun aber schlüpft aus faltigem Vorhangtuche
Geist Ariel, der mit Mohn die Augen streift.
Ein Knabe nur wacht über seinem Buche,
Das ihn erregt, obwohl ers kaum begreift.

Noch muß er manchen Satz erst buchstabieren,
Doch Kräfte strömen über ungehemmt
Mit Bildern, die sich bunt in Glanz verlieren,
Die Doppelwelt umwogt ihn süß und fremd:

Schuldwelt, wo sich Satane freundlich tarnen,
Bis ihrer Lockung Herz um Herz erliegt,
Wo uns Dämonen vor Dämonen warnen,
Bis einer uns am Ende doch besiegt –

Lichtwelt, wo sich der Täter still bescheidet,
Wenn ihn die Schönheit über sich erhebt,
Wo sich der gute Engel streng verkleidet,
Uns liebend straft und endlich in uns lebt.

Der Leser schluchzt, ihm springen zarte Schalen,
Er horcht nicht, ob es draußen knallt und zischt.
Unwissend fühlt er, unter seligen Qualen,
Wie tief in ihm der ewige Streit erlischt.

ABENDLÄNDISCHE ELEGIE

1943

Wird Abend über uns, o Abendland?
Was wir erdulden, haben Deine Seher
Vorausgelitten, vorausgesagt.
Sie schaun das Kommende, doch nur von fern.
Sie wissen auch, wodurch wir uns verfehlen;
Doch wenden sie nichts, und wenn Verhängnis
eintrifft,
Erkennen sie's nicht mehr, nennen es Rettung.

Kein Seher bin ich, wäre gern dein Freund.
Du aber hast so viele Angesichte,
Und keines weiß vom andern.
Inmitten deiner Wälder ward ich alt.
Ich lernte, was man lehrt in deinen Schulen.
Heut aber, schaltend mit Erinnerungen,
Ahn ich nur wieder, was die Pflanze weiß,
Die Sonnenblume dort vor meinem Fenster,
Daß es ein Stern doch ist, auf dem wir wohnen –
Wer ließ uns dies vergessen?
Was frommt es, für Jahrtausende zu planen,
Wenn die Sekunde nicht mehr klingt?

Im Gnadenlosen suchten wir die Leuchte,
Die uns den Weiterweg erhellen soll,
Und wundern uns, daß es noch tiefer finstert.
Selbst riefen wir die grauen Furienchöre,
Die nun durch unsern Heimathimmel jagen,

Entsetzen streuend: Stadt um Stadt erliegt.
Nur wie durch Feindes Huld steht noch der Dom,
Wo immer in den Frühlingen die Kinder
Den leichten geistigen Wangenschlag empfangen,
Der sie gemahnt ans unsichtbare Sein.
Die starken Türme freun sich ihrer Dauer
Und ihrer Höhe dicht am Zug der Wolken,
Doch ist vielleicht ein Drache schon im Anflug,
Der sie aus ihren Gleichgewichten hebt.
Zum letzten Male schlagen dann die Glocken
Im Riesensturz, der Wiege und Gruft verschüttet,
Und Altarbilder werden Todeszierden.

Zu viel Vernichtung haben wir gesehn.
Wie leuchtet das Haus am Park so gastlich,
Wo still im Lesesaal die Denker sannen,
Beraten von den Schriftwerken der Völker,
Und jeder suchte Wahrheit, Wahrheit, Wahrheit –
Was find ich dort? Ruinenschutt und Kohle.
Grau kriecht noch Rauch aus dem zerborstnen
  Globus,
Bücher vergehn, vom Feuer aufgeblättert,
Doch seitwärts welkt ein schwerer dunkler Grab-
  kranz,
Und aus der Trümmertiefe schleicht Verwesung.

Benommen stehn die Menschen um das Irrsal.
Wer will sie trösten? Lenken? Wer darf sagen,
Daß nicht mehr Fortgehn hilft, nicht Haßgelöbnis?
Den Armen wurde Grauen zu Gewöhnung.
Bald, bald verlöschen ihre Liebeskerzen,

Ein jeder hört den andern irre reden,
Und wer noch Strahlen in sich hegt, verbirgt sie.

Drum trag ich ab die Schichten meines Lebens,
Bis die vergessene Frühe wieder freiliegt,
Wo ich noch wachse, leicht, mir selbst unkenntlich:
Der Ölwald steht auf ockerbraunem Hang,
Zitronenblüte haucht aus dunklem Garten,
Und längs den Reihn der kleinen Goldschmiedbuden,
Die sich auf der uralten Brücke drängen,
Kehr ich zurück in deine schönste Stadt.
Rauh schmeichelt Wind um graue Trutzgebäude,
Die Treppe steigt an wappenbunter Wand,
Aus rauschenden Brunnen singt ein seliges Wissen –
Gehn hier noch Freunde? Keinem wohl begegn' ich,
Doch zieht mich leis in ihren kühlen Tempel
Die große nackte Schlummernde, die Nacht,
Zeitlose Mutter aller unsrer Tage,
An ihr gehn die Jahrhunderte vorüber.

Der Meister fand sie einst im weißen Stein,
Dem schimmernden, in dem sich Leichenblässe
Mit Glanz des Lebens feierlich vereint.
Heimweh nach ihr ist unser holdes Erbteil,
Und jede Liebe sucht in ihr den Himmel.
Sieh, wie sie sanft ruht auf dem Sarg des Jünglings,
Das Haupt geneigt, und Mond und Stern im Haar,
Im fast geschlossenen Aug ein Tränenlicht!
Mohn reift bei ihr, der Zaubervogel wacht,
Und auch der Traumgott mahnt mit Wahnsinns-
maske,

Sehr still zu sein
Und nichts in diesen Schlaf hineinzusprechen,
Als was er in Musik verwandeln kann.

Was würden wir ihr melden, was ihr preisen,
Von was für neuen Wundern ihr erzählen,
Um einen vollen Liebesklang zu wecken?
Vielleicht von glatten fernesüchtigen Straßen?
Tragenden Schiffen? Stolz erdachten Brücken?
Flugbooten, die das Dasein überqueren?
Geräten, grausam feinen, der Vernichtung?
Von Leitungen der Töne durch den Äther
Für wahres wie für trügerisches Wort?
O still, dies alles, alles bist nicht du,
Dies alles überholen andere bald,
Und was wir sonst ersinnen und erbilden,
Gilt es denn schon? Harrt es nicht noch der Weisung
Von innen, die es adelt und bestätigt?
Wir kränken dich, indem wir es bereden.
Die Nacht, sie schweigt, voll Schönheit und voll
 Schmerz –
Wir wollen lieber von ihr trauern lernen,
Das trostentwöhnte, das geduldige Trauern,
Wo die Gedanken seltner irre gehn,
Und ihr ein schlichtes Zeichen hinterlassen,
Das älter ist als alle Menschenmühsal.

Dem Volk der Griechen galt als Weihegabe
Das Öl von den Oliven der Athena,
Als höchster Siegeslohn der frische Palmzweig –
Komm, legen wir der Schläferin die Blume,

Die große Sonnenblume, in den Arm!
Die war ein Pflänzchen einst, ein fast gestorbnes,
Von Fremden übern Zaun hereingeworfen,
Mit matten Wurzeln, abgefreßnen Blättern,
Und eilig wollten wirs zum Kehricht fegen;
Der alte Gärtner aber nahm es auf
Und grub es ein bei seinen hohen Lilien.
Welk bog der Stengel sich, ein grüner Wurm,
Wir lächelten zum Fleiß zittriger Hände,
Die dem verlornen Siechling Wasser brachten
Und seine Schwäche an ein Stäbchen knüpften,
Doch eines Morgens kannten wirs nicht mehr.
Dem Licht entgegen trug sich frei der Schaft,
Beim toten Laubrest sproß ein frisches Blättchen,
Ein zweites folgte. Lange noch verbarg sich
Die fest geschloßne grüne Kelchrosette,
Getreulich Wachstum hütend, und nun sieh
Die Neugeburt aus zögernder Genesung!
Das Feuerglorienrad ist aufgetan,
Im runden Keimkorb weben Blütenkreise
So dicht wie Stimmen gehn im Chorgesang
Und hauchen goldnes Mehl aufs eigne Laub.

Dies Zeichen, diese kleine Gegensonne,
Wird keinen Traum der Schläferin verstören;
Die Blüte stirbt, jedoch ihr Sinn ist ewig.
Durch sie grüßt uns geheim das Morgenland,
Wo Tiger glühn, von Heiligen gemildert,
Und königliche Pilger dich ersehnen.
O Abendland, so reich in der Verarmung,
Blick auf! Laß das Vergängliche vergehn!

Du weißt es doch, daß in der obern Sphäre
Nicht alles mitstürzt, was im Irdischen fällt.
Wer alles retten möchte, rettet nichts.
Noch gehen Schicksalsschwestern durch die Lande,
Zu diesen will ich sagen: »Ihr Erlauchten,
Gedenket unser! Küret uns ein Kind
Und hüllet es im Augenblick der Zeugung
In geisterliche feiende Gespinste,
Damit es wachse heil in kranker Welt,
Unnahbar der dämonischen Schlupfwespe,
Die gierig edle Keime sucht und ansticht,
Um ihnen die Vergängnis einzusenken,
Bevor die Schwingenkraft in ihnen aufwacht!«

Dann hoffe wieder, fieberndes Abendland,
Und schöpfe Mut, wenn die bewahrte Seele
Ein blind Zerstörtes in sich selbst neu stiftet!
Sie wird uns allen liebe Arbeit geben.
Aus Trümmern steigt einmal ein Segentag,
Wo wir das Licht nicht mehr verhehlen müssen
Und wieder frei mit Urgewalten spielen.
Ja wärs kein Tag, wärs eine Stunde nur,
Wo wir in einem reinen Anfang stehn,
Mitwebend an dem Sternenplan der Erde,
Wir trügen froh die Jahre der Verdunklung.

NACHWORT

In der deutschen Lyrik des zwanzigsten Jahrhunderts bemerken wir mancherlei Versuche, sich dem Bann einer allzu mächtigen Überlieferung zu entziehen. Man verzichtet auf Reim und Strophe, sogar auf eine metrische Ordnung und nimmt es in Kauf, ja begrüßt es sogar, daß die Sprache damit von beliebiger Prosa sich nur noch typographisch unterscheidet. Man sorgt für künstliche Dunkelheit; man pflegt das Fragment, eine schwierige Syntax und scheint damit einverstanden zu sein, daß nur noch Spezialisten den lyrischen Text entziffern zu können behaupten. Ein seltsamer, unerfreulicher Zustand, der von dem tief gestörten Verhältnis der Literatur zur Gemeinschaft und damit von einer langwierigen Krise zeugt. Ebenso unerfreulich aber ist jenes Epigonentum, das sich gewandt und mühelos auf längst gebahnten Pfaden bewegt und Verse zustande bringt, die ebenso formvollendet wie nichtig sind.

Hans Carossa gehört so wenig zu dieser Gruppe wie zu jener. Alles Virtuosentum hat er zeitlebens als in künstlerischer Hinsicht schal, in sittlicher anfechtbar empfunden und sich nie mit dem Kult der schönen Form an sich befreundet. Doch ebensowenig läßt er sich auf verwegene Experimente ein und ist ihm je daran gelegen, Bewährtes mit Ironie zu zersetzen oder anders in Frage zu stellen. Er liebt und pflegt die Tradition, nicht aber, um sie nachzuahmen, sondern um sie im Sinne einer echten Wiedergeburt zu erneuern. Es fällt nicht schwer, auf Reminiszenzen aus Goethe und Mörike hinzuweisen. Faustverse scheinen, ungreifbar, aber unverkennbar, in »Geist und Schmetterling am Ufer« anzuklingen. Der »Morgengang« mag in einigen Strophen an den »Besuch in Urach« erinnern, nicht zu reden von dem »Mädchen von Dobrowlany«, wo offenbar mit vollem Bewußtsein in einem galizischen Bauernmädchen die Gestalt der »schwesterlichsten der Seelen«, Antigones, heraufbeschworen wird. Von wenigen, noch vom Expressionismus bestimmten Versuchen abgesehen, zeigt schon das Schriftbild auf jeder Seite das Vorwalten überlieferter Formen. Liedhafte Strophen begegnen uns, kreuzweise gereimte jambische Verse, oder, besonders oft, Senare, für die sich wiederum Mörike als Muster empfohlen haben dürfte. Doch seltsam, alle diese wohlbekannten Möglichkeiten wirken bei Carossa nicht verbraucht. Es ist, als schimmerten sie in Frühlicht, als seien sie erst im Entstehen begriffen. Und wenn wir uns fragen, wie diese tief-wohltuende Wirkung zustande kommt, so werden wir auf gewisse leise Unebenheiten aufmerksam, in denen ein Dichter sich erst aus einem noch ungeklärten Zustand zu bilden, das Maß erst zu ertasten scheint. Wir hören oft einen in seiner leisen Mühsal höchst reizvollen, fast rustik anmutenden Tonfall und sind glücklich, daß jene Perfektion fehlt, deren Glätte uns langweilen oder mißtrauisch machen müßte. Was liegt hier aber nun eigentlich vor? Ist es eine dem bayrischen Landarzt angeborene, seiner Lyrik günstige Schwerfälligkeit, die wir als echt und wahr empfinden; oder vermeidet ein hoher Kunstverstand bewußt die äußerliche Vollendung, um damit gleichsam den Zauber des allzeit schwankenden Lebens, des Ursprungs zu wahren? Wenn wir uns auf Carossas meisterhaft ausgewogene Prosa besinnen, werden wir eher geneigt sein, an das Walten künstlerischer Weisheit zu glauben. Doch wie dem auch sei – das Ergebnis beglückt. Der gesammelte Leser spürt in jedem Vers aufrichtige Pietät – den großen Vorgängern gegenüber, denen Carossa sich niemals gleichstellt, auf die er sich nur scheu beruft, auf die er mit großer Behutsamkeit anspielt, sodann Pietät vor der Sprache an sich, in der es Unverbrüchliches, vor aller anspruchsvoller Willkür zu Schonendes anzuerkennen gilt.

»Pietät« bedeutet nun aber nicht, daß sich Carossa in einer einfach-freundlichen Welt geborgen und rings von gütigen Mächten umgeben fühle, denen er nur zu vertrauen, für deren Geschenke er nur zu danken habe.

»Das ewig Ungefährliche, was könnte es nützen«, lesen wir in dem Erinnerungsbuch »Verwandlungen einer Jugend«. Das Wort bezieht sich auf ein von dem Vater des Dichters entdecktes Medikament, dessen Anwendung einiger Vorsicht bedarf. Zugleich aber spricht es eine im Geist dieses Dichters allgemein verbindliche, axiomatische Einsicht aus. Eine Natur, auf deren Mütterlichkeit man sich verlassen dürfte, würde ihm nicht viel bedeuten. Er setzt sich gern ihren offenen oder noch lieber verborgenen Gefahren aus – der Einsamkeit eines steilen Gipfels, einem Gewitter, der Starre des Winters. Er liebt den Aufbruch ins Ungewisse, das »herrliche Erschrecken«, und nur von Erschütterungen verspricht er sich Heil. Unter den Tieren hat es ihm besonders die Schlange angetan, das rätselhafte, mit Gift begabte Geschöpf, das sich um den Stab Äskulaps, des heilenden Gottes, ringelt. Und so scheint alles für diesen Dichter von einem Geheimnis umgeben zu sein, das durchaus zweideutig ist und sich zum Guten und Schlimmen wenden kann. Wie es sich jeweils wendet, hängt nun aber weit mehr, als wir anzunehmen bereit sind, von der Begegnung zwischen dem Menschen und dem Geheimnis ab. Carossa ist, wie Goethe, von der schöpferischen Kraft des Blicks überzeugt, den wir auf unsere Umwelt richten. Angst entfesselt dämonische Mächte; die Liebe weckt das Liebenswerte; Vertrauen erzeugt, was Vertrauen verdient. So nehmen manche Gedichte fast den Charakter von Beschwörungen an. Dieser Dichter versucht, das Ungewisse, Bedenkliche mit der Macht des mutigen Vertrauens gnädig zu stimmen und es gleichsam zu nötigen, aus seiner Fülle Segen zu spenden.

»Raube das Licht aus dem Rachen der Schlange«, hat er als Motto über sein rumänisches Kriegstagebuch gesetzt. »Raube« – die Heftigkeit der Gebärde wird der Drangsal des Krieges gerecht. Sonst verfährt Carossa fast immer geduldiger, stiller, inniger. Er liebt es, ein kleines Ereignis, einen Gegenstand so lang zu betrachten, bis sich wie von selber ein beglückender symbolischer Sinn ergibt: die stillen, kleinen Sterne, die durch Tränen groß wie Sonnen schimmern; den braunen Habicht, der aus dem Gewitter herrlich in die

Höhe schwebt, das Geranienblatt, das in das glitzernde Netz einer Spinne geraten ist, wie ein Herz sich in einem Schicksal verfängt. Manchmal glauben wir nicht zu wissen, wie ein Symbol zu deuten sei, und ahnen doch eine geheime Bedeutung, so in dem wohl bekanntesten Gedicht »Der alte Brunnen«, dem wir auch hier nicht mit interpretierenden Worten zu nahe treten möchten.

Am reinsten wird sich aber der schöpferische Blick von Mensch zu Mensch bewähren. Wir denken hier zunächst an den Arzt, der einen Kranken mit Hoffnung erfüllt und dadurch die Genesung fördert, aber auch an den Wanderer, der unterwegs die schon herbstlich umfremdete Frau begrüßt: ein Licht aus den Wolken verklärt sie ihm plötzlich; er wünscht ihr im Innern die Gewißheit, nun immer jung im Gedächtnis des Mannes zu leben, der ihr begegnet ist.

Eine der eindrucksvollsten Proben solcher Poesie sind die »Worte zu einem antiken Grabrelief«. Wir glauben in der Toten Cordula, eine Frauengestalt aus den »Geheimnissen des reifen Lebens«, zu erkennen. Wieder ist es eine Frage der Verantwortung gegenüber dem Nächsten, die den Dichter bewegt: Er wirft sich vor, die Verstorbene nicht genug geliebt zu haben, und scheint mit den gespendeten Blumen das Versäumnis sühnen zu wollen, ungewiß, ob eine solche Gebärde überhaupt irgendwie sinnvoll sei. Der Titel beschwört für den inneren Blick die bedeutungsvollen, aber schonenden Gebärden griechischer Plastik herauf. Antikisch sind ganz wenige, mit Sorgfalt eingestreute Worte: Moira, Manen, attische Lekythen.

Und diese Worte begegnen uns nicht etwa in Hexametern oder in einem anderen antiken Versmaß, sondern in deutschen gereimten Versen. Das läßt den Verdacht, es handle sich um epigonische Nachahmung, nicht aufkommen. Der fromme Sinn, der aus den antiken Darstellungen auf Gräbern spricht, wird gleichsam nur scheu um Beistand bei einem schmerzlichen Geschäft gebeten. Besonders deutlich sind hier außerdem jene spröden Stellen, jene rhythmischen Hemmnisse ausgeprägt, die bei Carossa so oft ursprüngliches, erst der Vollendung entgegenreifendes Sprechen zu verbürgen scheinen. Gleich zu Beginn die zweite Zeile erfordert beim Aufsagen einige Mühe:

»Blumen, die dich noch lächeln machten,
Als wir sie dir an dein Lager brachten . . .«

Doch eben auf diesem Hintergrund scheinbarer oder wirklicher dichterischer Mühsal werden die folgenden zum Teil vollkommen glatten Strophen erst glaubhaft. Man wird sich das Bild des Dichters, dessen geneigteste Muse die Pietät war, gern immer wieder beim Lesen dieses Gedichts vor Augen führen. Die schwerste Prüfung hatte sein weltfrommer Sinn indes zur Zeit des zweiten Weltkriegs zu bestehen. Er war nicht der Mann, dem klaren Bewußtsein des Entsetzlichen auszuweichen, doch ebenso wenig bereit, sich in der allgemeinen Katastrophe der Verzweiflung zu überlassen. Das Dokument eines gerade noch, mit knappster Not wiedererrungenen Glaubens ist die »Abendländische Elegie«, vielleicht das reinste, sicher aber das tröstlichste Kunstwerk deutscher Sprache, das in den Jahren der grauenvollsten Heimsuchung entstanden ist.

Das lyrische Gesamtwerk Carossas ist schmal. Er selber hat wohl schon eine strenge Auswahl aus einer größeren Zahl von Gedichten getroffen. Wenn man noch weiter gehen will, so bleibt nur übirg, einige Stücke auszumerzen, die man heute als zeitbedingt empfinden könnte. Das sind zunächst jene pathetischen Verse, in denen der Dichter seine stille, verhaltene Natur zu verleugnen scheint und sich dem Expressionismus nähert; jene sodann, in denen wir etwas von der Geheimnislüsternheit spüren, der auch Hugo von Hofmannsthal und Rilke nicht immer entgangen sind. Daß sich darunter einige Liebesgedichte befinden, ist kein Zufall. Auch Carossa hat den Bann nicht zu brechen vermocht, unter dem seit Jahrzehnten die echte Liebeslyrik verkümmert.

Die Auswahl schien nun aber auch eine andere Folge aufzudrängen, keine allzu deutliche, aber auch keine ganz zufällige Ordnung. Der verheißungsvolle »März-Anfang« dürfte sich als Auftakt eignen. Es folgen Gedichte, die den Knaben, den Jüngling, den reifenden Mann verkünden. Hin und wieder unterbrechen diese Reihe Landschaftsbilder, die sich auf keine bestimmte Stufe beziehen. Dann nähern wir uns der Mitte des Lebens, einer Gruppe, die mit dem »Alten Brunnen« den würdigsten Abschluß findet. Herbst und Winter walten in der folgenden Fünfergruppe vor. Ihr schließen sich die dem Raum der Antike gewidmeten Gedichte an. Damit sind die Gründe aufgedeckt, aus denen Carossas Weisheit und Botschaft an die Menschen erblüht. Wir hören sie in der Folge, die das »Mädchen von Dobrowlany« krönt.

Dieser reine und große Rückblick auf ein Erlebnis im ersten Weltkrieg wird durch »Ausklang« und die »Worte zu einem antiken Grabrelief«, in denen der schon Alternde spricht, von den drei Gedichten getrennt, die das Grauen des zweiten Weltkriegs mit einem letzten Aufgebot von seelischer Kraft bezwingen.

Das dürften nun lauter Verse sein, die zwar keinen neuen Ton anschlagen, die in der Geschichte der Lyrik nicht Epoche zu machen geeignet sind, die aber bester Überlieferung neuen, innigen Glanz verleihen und so die lebendige Gegenwart scheinbar vergangenen kostbaren Lebens verbürgen.

Emil Staiger

INHALT

Bibliothek Suhrkamp

Verzeichnis der letzten Nummern

500 Wolfgang Koeppen, Jugend
501 Andrej Belyj, Petersburg
503 Cortázar, Geschichten der Cronopien und Famen
504 Juan Rulfo, Der Llano in Flammen
505 Carlos Fuentes, Zwei Novellen
506 Augusto Roa Bastos, Menschensohn
508 Alejo Carpentier, Barockkonzert
509 Elisabeth Borchers, Gedichte
510 Jurek Becker, Jakob der Lügner
512 James Joyce, Die Toten/The Dead
513 August Strindberg, Fräulein Julie
514 Sigmund Freud, Eine Kindheitserinnerung des Leonardo da Vinci
515 Robert Walser, Jakob von Gunten
517 Luigi Pirandello, Mattia Pascal
519 Rainer Maria Rilke, Gedichte an die Nacht
520 Else Lasker-Schüler, Mein Herz
521 Marcel Schwob, 22 Lebensläufe
522 Mircea Eliade, Die Pelerine
523 Hans Erich Nossack, Der Untergang
524 Jerzy Andrzejewski, Jetzt kommt über dich das Ende
525 Günter Eich, Aus dem Chinesischen
526 Gustaf Gründgens, Wirklichkeit des Theaters
527 Martin Walser, Ehen in Philippsburg
528 René Schickele, Die Flaschenpost
529 Flann O'Brien, Das Barmen
533 Wolfgang Hildesheimer, Biosphärenklänge
534 Ingeborg Bachmann, Malina
535 Ludwig Wittgenstein, Vermischte Bemerkungen
536 Zbigniew Herbert, Ein Barbar in einem Garten
537 Rainer Maria Rilke, Ewald Tragy
538 Robert Walser, Die Rose
539 Malcolm Lowry, Die letzte Adresse
540 Boris Vian, Die Gischt der Tage
541 Hermann Hesse, Josef Knechts Lebensläufe
542 Hermann Hesse, Magie des Buches
543 Hermann Lenz, Spiegelhütte
544 Federico García Lorca, Gedichte
545 Ricarda Huch, Der letzte Sommer
546 Wilhelm Lehmann, Gedichte
547 Walter Benjamin, Deutsche Menschen
548 Bohumil Hrabal, Tanzstunden für Erwachsene und Fortgeschrittene

549 Nelly Sachs, Gedichte
550 Ernst Penzoldt, Kleiner Erdenwurm
551 Octavio Paz, Gedichte
552 Luigi Pirandello, Einer, Keiner, Hunderttausend
553 Strindberg, Traumspiel
554 Carl Seelig, Wanderungen mit Robert Walser
555 Gershom Scholem, Von Berlin nach Jerusalem
556 Thomas Bernhard, Immanuel Kant
557 Ludwig Hohl, Varia
559 Raymond Roussel, Locus Solus
560 Jean Gebser, Rilke und Spanien
561 Stanisław Lem, Die Maske · Herr F.
562 Raymond Chandler, Straßenbekanntschaft Noon Street
563 Konstantin Paustowskij, Erzählungen vom Leben
564 Rudolf Kassner, Zahl und Gesicht
565 Hugo von Hofmannsthal, Das Salzburger große Welttheater
567 Siegfried Kracauer, Georg
568 Valery Larbaud, Glückliche Liebende . . .
570 Graciliano Ramos, Angst
571 Karl Kraus, Über die Sprache
572 Rudolf Alexander Schröder, Ausgewählte Gedichte
573 Hans Carossa, Rumänisches Tagebuch
574 Marcel Proust, Combray
575 Theodor W. Adorno, Berg
576 Vladislav Vančura, Der Bäcker Jan Marhoul
577 Mircea Eliade, Die drei Grazien
578 Georg Kaiser, Villa Aurea
580 Elias Canetti, Aufzeichnungen
581 Max Frisch, Montauk
582 Samuel Beckett, Um abermals zu enden
583 Mao Tse-tung, 39 Gedichte
584 Ernst Kreuder, Die Gesellschaft vom Dachboden
585 Peter Weiss, Der Schatten des Körpers des Kutschers
586 Herman Bang, Das weiße Haus
587 Herman Bang, Das graue Haus
588 Hermann Broch, Menschenrecht und Demokratie
589 D. H. Lawrence, Auferstehungsgeschichte
590 O'Brien, Zwei Vögel beim Schwimmen
591 André Gide, Die Rückkehr des verlorenen Sohnes
592 Jean Gebser, Lorca oder das Reich der Mütter
593 Robert Walser, Der Spaziergang
594 Natalia Ginzburg, Caro Michele
595 Rachel de Queiroz, Das Jahr 15
596 Hans Carossa, Ausgewählte Gedichte
600 Thomas Bernhard, Ja
611 Wladimir Trendrjakow, Die Nacht nach der Entlassung
624 Ludwig Hohl, Bergfahrt

Bibliothek Suhrkamp

Alphabetisches Verzeichnis